Langenscheidt

D'autres enquêtes du commissaire Sétout

3 leichte französische Kurzkrimis
mit Übersetzungshilfen

Von

Marie-Claire Lohéac-Wieders
Volker Borbein

Langenscheidt

Berlin · München · Wien · Zürich · New York

© 2005 Langenscheidt KG, Berlin und München
Druck: Druckhaus Langenscheidt, Berlin-Schöneberg
Printed in Germany
ISBN 3-468-44452-4
www.langenscheidt.de

1. 2. 3. 4. 5. * 09 08 07 06 05

Inhaltsverzeichnis

Erklärung der Lautschrift

Vokale

[i]	ici	geschlossenes i
[e]	léger	geschlossenes e
[ɛ]	sec, père, tête, lait, neige	offenes e
[a]	patte, noix	helles a
[ɑ]	âme, phrase	dunkles a
[o]	pot, dôme, taupe, beau	geschlossenes o
[ɔ]	poche, Laure	offenes o
[ø]	peu, nœud	geschlossenes ö
[œ]	seul, cœur	offenes ö
[ə]	que, dehors, petit, temple	kurzes, dumpfes ö
		(e caduc, e instable, e muet)
[u]	souci	geschlossenes u
[y]	usure, sûr	geschlossenes ü
[ɛ̃]	vin, impair, plainte, bien	nasales e
[ɑ̃]	dans, lampe, entrer, embêter	nasales a
[õ]	ton, pompe	nasales o
[œ̃]	lundi, parfum	nasales œ

Halbvokale (Halbkonsonanten)

[j]	bien, abeille	j-Laut
[w]	Louis, trois	gleitendes u
[ɥ]	lui, nuage	gleitendes ü

Konsonanten

[p]	pont, apporter	stimmloser p-Laut, ohne Behauchung
[t]	ton, thé, patte	stimmloser t-Laut, ohne Behauchung
[k]	cou, qui, chaos, képi	stimmloser k-Laut, ohne Behauchung
[b]	robe, abbé	(„weicher") b-Laut
[d]	dans	(„weicher") d-Laut
[g]	gant, gueule	(„weicher") g-Laut
[f]	neuf, photo	f-Laut
[s]	son, tasse, ces, ça, section	stimmloser s-Laut
[ʃ]	chou, tache	(stimmloser) sch-Laut
[v]	vent, rive	w-Laut
[z]	rose, zéro	stimmhafter s-Laut
[ʒ]	jour, cage, gilet	stimmhafter sch-Laut
[l]	long, aller	l-Laut
[ʀ]	rue, barre, verve	stark geriebenes Zäpfchen-R
[m]	mes, femme	m-Laut
[n]	nom, année	n-Laut
[ɲ]	gagner, vigne	nj-Laut
[ŋ]	camping	ng-Laut

Mort à la Tour Eiffel

Vorwort

An einem spätsommerlichen Abend in Paris. Zwei Frauen gehen am Seine-Ufer entlang. Am nächsten Tag wird eine Leiche an das Ufer gespült.
Kommissar Sétout ermittelt.

Die Hauptpersonen dieser Geschichte sind:

Mélanie Cotine
Deutschlehrerin in Paris.

Johnny Cotine
Ehemann von Mélanie. Innenarchitekt und Elvis-Presley-Fan. Scheinbar tolerant.

Fleur Bon
Eifersüchtige Frau und Mutter.

Richard Bon
Deutschlehrer und Kollege von Mélanie Cotine.
Liebt Frauen.

Edmée Thadone
Student. Sieht sehr gut aus. Verbirgt ein Geheimnis.

Patience Dange
Lebensgefährtin von Marc Sétout.

Jean Tipote
Assistent von Kommissar Sétout.

Marc Sétout
Kommissar.

Ort der Handlung: Paris, Seine-Ufer, zwischen Eiffelturm und Pont-Neuf.
Zeit der Handlung: Spätsommer.

Chapitre I

- « Allô, Fleur ? C'est Mélanie Cotine. »
- « Oui, bonjour. » dit Fleur d'un ton **sec**. Elle n'aime pas que les collègues de son mari appellent à la maison.
- « *Excuchez*-moi de vous déranger, je voulais vous parler … » explique Mélanie. Elle **chuinte** un peu.
- « Je crois que nous n'avons rien à nous dire. Laissez mon mari en paix et moi avec. » Fleur reste toujours aussi <u>sèche.</u>
- « Je voudrais qu'on se rencontre samedi, après l'école, si vous voulez. Vous êtes d'accord ? »

Fleur n'est pas vraiment décidée :

- « Je ne vois pas pourquoi. Je veux vivre tranquillement avec mon mari. »
- « C'est pour cela que nous avons besoin d'une explication. Le Champ-de-Mars est superbe en ce moment … » Mélanie insiste.

Fleur est curieuse. Elle accepte sans trop savoir pourquoi et propose un rendez-vous pour le samedi suivant, à 20 heures.

Le samedi venu, elle décide d'aller à pied au rendez-vous. Elle a le temps, ses enfants sont chez des amis. Elle arrive en avance pour observer sa rivale avec précision. **Elle s'installe sur les marches du pilier sud de la tour Eiffel**. Mélanie arrive avec quelques minutes de retard.

---

sec [sɛk] trocken   **chuinte** [ʃɥɛ̃t] leidet an Schetismus: *[s] wie [sch] aussprechen*   **Elle s'installe sur les marches du pilier sud de la tour Eiffel** [ɛl sɛ̃stal syʀ le maʀʃ dy pilje syd də la tuʀ efel] sie setzt sich auf die Stufen des Süd-Pfeilers des Eiffelturms

– « *Excuchez*-moi, *che* suis un peu en retard, *ch'ai* eu quelques
   problèmes, *che chuis* tellement énervée. » Elle chuinte encore plus que d'habitude.
– « Alors, qu'est-ce que vous voulez absolument me dire ? »
Mélanie ne répond pas à la question et propose une promenade sur les quais de la Seine. En ce moment, elle est très
haute, mais les **bateaux-mouches** peuvent encore circuler et
le paysage est superbe.
– « Je voudrais vous proposer un modus *vivendi*. Voilà, je
   veux continuer à voir Richard. Alors je vous propose de
   nous laisser aller au cinéma voir des films en version origi-
   nale ou à des expositions sur l'Allemagne ou sur l'Au-
   triche … Ça ne vous intéresse pas et, en plus, vous ne comprenez pas l'allemand. On sort juste entre collègues
   d'allemand. Tout ça, bien sûr, entièrement platonique. »
   Mélanie est satisfaite, elle a **tout** dit **d'un coup**.
– « Non, mais je rêve ! Vous me proposez un **ménage à trois**.
   Moi, je suis **Cendrillon**, je fais la baby-sitter pendant que
   vous faites la princesse avec *mon mari*. Eh bien, non, je ne
   le **partage** pas. Alors prenez-le et gardez-le. » Fleur **fait
   demi-tour**.
– « Mais vous n'avez rien compris : je vous laisse votre mari,
   je sors juste avec lui quand j'en ai envie Je l'ai déjà fait
   avec d'autres hommes. Ça fonctionne très bien. » explique
   Mélanie.

---

bateaux-mouches [bato muʃ] *Schiffe für die Rundfahrt auf der
Seine*   **tout … d'un coup** [tu dœ ku] alles auf einmal
ménage à trois [menaʒ a tʀwɑ] Dreier-Beziehung
Cendrillon [sɑ̃dʀijɔ̃] Aschenputtel   **partage** [paʀtaʒ] teile
fait demi-tour [fɛ d(ə)mituʀ] kehrt um

– « C'est Richard qui vous a demandé de me proposer une horreur pareille ? » Tout cela n'est pas compatible avec la morale catholique de Fleur.
– « Non, c'est moi toute seule, il ne le sait même pas. Il ne veut plus avoir de relation avec moi, mais je ne *veux* pas. J'adore la compagnie des hommes. Alors, j'ai décidé de vous faire cette proposition **très franche** et je pense qu'entre femmes nous pouvons être solidaires. »

Fleur continue à marcher droit devant elle, sans mot dire, les yeux perdus dans cette Seine, d'habitude si romantique.

Chapitre II

Fleur a du mal à respirer, elle **étouffe**. Elle pose sa main droite sur son cœur. Elle devient toute blanche, elle a chaud et froid en même temps. Un homme passe, ça sent une odeur bizarre, le médicament, elle ne sait pas trop. Mille et une pensées lui traversent la tête : les années passées avec son mari et les enfants, les problèmes financiers et les premières **réussites**.

Peu à peu, elle se calme, met de l'ordre dans ses idées. Elle regarde Mélanie à côté d'elle. Des sentiments confus remontent en Fleur : la jalousie, l'amour propre blessé et oui, c'est vrai, la **vengeance**. Fleur ne veut prendre aucun risque, ne rien laisser au hasard. Elle veut se défendre et protéger sa famille. Une idée prend forme dans sa tête. Elle sourit. Bonsoir, Lady Macbeth.

---

très franche [tʀɛ fʀɑ̃ʃ] offen und ehrlich   **étouffe** [etuf] erstickt   **réussites** [ʀeysit] Erfolge   **vengeance** [vɑ̃ʒɑ̃s] Rache

- « Réfléchissons à cette situation délicate. Ça vous dirait une promenade en bateau-mouche ? » demande-t-elle à Mélanie.

Mélanie accepte. Le jeune homme repasse, il sent la clinique.

- « Je connais le parfum *Opium* de Saint-Laurent, mais ce parfum-là sent le médicament, vous ne trouvez pas, Fleur ? » demande Mélanie pour détendre l'atmosphère.

Il est 21 heures. La lune disparaît derrière les nuages. Un vent léger **souffle**. La Seine s'endort, **le bruit** des moteurs des bateaux-mouches **la berce**.

Mélanie et Fleur restent **dehors** sur le bateau. Elles ne parlent pas. Elles se concentrent sur ce qu'elles vont se dire dans quelques instants.

Elles n'entendent pas le capitaine expliquer aux touristes les curiosités de la ville de Paris, elles ne voient pas les monuments historiques illuminés par les **projecteurs** du bateau. Fleur interrompt le silence :

- « Dites-moi … » Elle ne peut pas terminer sa phrase : un énorme choc se produit, puis toutes les **lumières** du bateau **s'éteignent**, il n'y a plus d'électricité. On entend des cris de panique, ensuite, plus rien sauf le bruit de quelque chose qui tombe dans l'eau. Silence total. Tout cela ne dure pas longtemps. Quand la lumière revient, Mélanie et Fleur ne sont plus là.

---

souffle [sufl] bläst   **le bruit … la berce** [lə bʁɥi la ɔɛʁs] der Lärm wiegt die Seine in den Schlaf   **dehors** [dəɔʁ] draußen   **projecteurs** [pʁɔʒɛktœʁ] Scheinwerfer   **lumières … s'éteignent** [lymjɛʁ setɛɲ] Lichter gehen aus

Chapitre III

Le commissaire Marc Sétout et sa petite amie Patience regardent un film de Columbo, leur héros préféré. Le téléphone sonne. Patience décroche.

– « Allô, oui ? »
– « Jean Tipote à l'appareil. Excusez-moi de vous déranger, Madame, je voudrais parler au commissaire Sétout, s'il vous plaît. »
– « Ne quittez pas, je vous le passe … Marc, c'est pour toi, ton collègue. »

Marc se lève pour répondre, remonte ses lunettes et prend l'appareil.

– « Allô, Jean, quoi de neuf ? Un cadavre … entre le pont d'Iéna et le pont de l'Alma … oui, j'arrive. » Il **raccroche**.

Patience a compris. Elle va encore rester toute seule. Elle n'est pas contente. Pourquoi est-elle allée manger dans ce restaurant, *Au Moulin-à-Vent*, justement le jour où il y a eu un **meurtre** ? C'est là qu'elle a connu cet homme grand et maigre, un peu ridicule avec sa perruque, toujours habillé d'une chemise, d'une cravate et d'un pull. Il est fan d'Astérix et Obélix.

Marc embrasse sa petite amie et prend son imper beige.

– « J'y vais, mon amour. Le devoir m'appelle. »
– « La vie avec toi n'est pas ennuyeuse, mais ce n'est pas une petite vie de famille tranquille. »

---

raccroche [ʀakʀɔʃ] legt auf   **meurtre** [mœʀtʀ] Mord

Sétout ne répond pas et sort. Il est déjà concentré sur son travail. Il prend le métro et descend à la station Trocadéro. Il arrive sur les bords de la Seine où ses collègues l'attendent déjà.

- « Il est là depuis quand, ce cadavre ? » demande Sétout.
- « Vous voulez dire, *elle* est là depuis quand ? » répond le collègue.
- « C'est une femme ! Et pourquoi est-elle là ? »
- « Parce qu'elle est morte ! » répond le collègue avec humour.
- « Très spirituel, surtout très original. Résumez-moi rapidement ce que vous savez déjà. »
- « Très facile, très rapide, commissaire. La Seine l'**a rejetée** ici, sur les marches du quai. Elle a entre trente et quarante ans. C'est peut-être un suicide. Rien n'a l'air anormal. Elle est bien habillée. On a retrouvé son sac à main, là, sur les marches aussi, mais on n'a pas encore regardé dedans. Et puis, elle n'a qu'une chaussure. Voilà, chef, c'est tout. C'est assez résumé et assez rapide ? »
- « Merci. Envoyez le corps à l'autopsie. Regardez s'il y a des **signalements de personnes disparues** qui correspondent à cette femme. »

Les ordres de Sétout sont dits très rapidement. Au début d'une **enquête**, c'est toujours la même chose.

- « Je veux voir ses papiers. » Le commissaire prend le sac de la victime. Il est plein d'eau. Il trouve un mascara, un **peigne**, un vaporisateur de parfum, un stylo, les restes

---

a rejeté (le cadavre) [a ʀ(ə)ʒəte / ʀəʒ(ə)te] hat (die Leiche) angeschwemmt   **signalements de personnes disparues** [siɲalmã də pɛʀsɔn dispaʀy] Vermisstenanzeige   **enquête** [ãkɛt] Untersuchung **peigne** [pɛɲ] Kamm

d'un *kleenex*, un papier avec un numéro de téléphone peu **lisible** et une date, puis enfin, en très mauvais état, la carte d'identité. Il déchiffre le nom et l'adresse de la femme.

Chapitre IV

Sétout doit annoncer la nouvelle au mari de la victime. Avant de sonner, il lit sur la porte : *M. et Mme Johnny Cotine.* « C'est bien là. » pense-t-il.
– « Bonjour, Monsieur, police judiciaire. » Marc Sétout présente sa carte. « Vous êtes bien Monsieur Cotine, Jean ? »
– « Oui, mais on m'appelle Johnny. Qu'est-ce qu'il y a ? »
– « On peut entrer ? »
– « Oui, si ça ne dure pas trop longtemps, j'ai un rendez-vous dans quelques minutes. » répond Johnny Cotine.
– « Non, ça va être très rapide. » dit le commissaire. « Mélanie Gaude, épouse Cotine, c'est bien votre femme ? »
– « Bien sûr. Où est-elle ? Elle n'est pas rentrée cette nuit. »
– « J'ai une mauvaise nouvelle à vous annoncer : nous avons retrouvé son corps dans la Seine ce matin. »
Sétout observe cet homme bizarre. Il est grand, habillé comme dans les années 60, il ressemble à Elvis Presley.
– « Je vous présente mes sincères condoléances, Monsieur. »
Il lui tend une main amicale. Johnny Cotine remercie et demande doucement :
– « C'est un accident ? Vous êtes sûr que c'est elle ? »

---

lisible [lizibl] leserlich

Sétout ne répond pas, il voudrait poser quelques questions.
- « Votre femme a eu à un moment ou à un autre des ten-
  dances suicidaires ? »
- « Vous pensez à un suicide, pas à un accident ! »
- « Je ne pense à rien, mais, vous savez, les accidents sur et
  dans la Seine sont très rares. »
- « Ma femme est très heureuse. Elle n'a pas de raison de se
  suicider. » dit seulement Johnny.
Sétout remarque que Johnny parle au présent de sa femme.
- « Vous voulez dire qu'elle *était* heureuse et qu'elle n'*avait*
  pas l'intention de se suicider ? Alors, si ce n'est pas un suicide, pas un accident … »
- …
- « Bon, vous pouvez venir reconnaître le corps avant l'autopsie ? Si votre rendez-vous est urgent, venez juste
  après. » propose le commissaire.
- « Vous pouvez m'accompagner ? Je ne suis pas capable de
  conduire. J'annule mon rendez-vous tout de suite. »
Sétout est satisfait. Il aime régler les choses rapidement. Pendant le **trajet**, il pose beaucoup de questions à Johnny.
- « Vous vous êtes mariés quand ? Par amour ? Parlez-moi de
  votre femme et de votre couple. »
- « Nous nous sommes mariés il y a dix-huit ans, par amour,
  et parce que Mélanie était **enceinte**. On est un couple uni,
  mais chacun est libre et indépendant. »

---

trajet [tʀaʒɛ] Strecke   **enceinte** [ãsɛ̃t] schwanger

Quelques minutes plus tard, ils sont déjà dehors. Johnny Cotine pleure comme un petit enfant. Il a reconnu sa femme. Il a espéré jusqu'au dernier moment, mais ... Sétout dépose Cotine devant chez lui et repart pour interroger les amis et collègues de Mélanie et de Johnny.

Les amis du couple parlent très positivement de Jean, architecte d'intérieur très talentueux, qu'ils appellent tous Johnny parce que *Jean* fait très démodé et que *Johnny* fait plus *cool,* plus *rocker*. Ils parlent aussi de sa passion des années 60, de sa vie privée un peu bohème et de ses différentes liaisons avec ses **dessinatrices** ou ses secrétaires.

Sétout a fait des recherches : le numéro trouvé dans le sac de Mélanie est le numéro de téléphone de la famille Bon. Il lui rend visite.

Chapitre V

Fleur Bon est surprise de voir la police chez elle.
– « Madame, vous connaissez Mélanie Cotine ? »
– « C'est une collègue de mon mari. »
– « Madame Bon, je voudrais vous poser quelques questions de routine sur Mélanie Cotine. Nous cherchons à comprendre son **décès**. »
– « Son décès ? Mélanie est morte ? C'est vrai ? » Elle s'assied. Sétout commence son **interrogatoire**. Très nerveuse, elle

---

dessinatrices [desinatʀis] Zeichnerinnen   **décès** [dese] Tod
interrogatoire [ɛ̃teʀɔgatwaʀ] Verhör

ne comprend pas les questions du commissaire qu'il doit toujours poser plusieurs fois.

- « Alors, Madame Bon, insiste le commissaire, quand avez-vous vu votre amie pour la dernière fois ? »
- « Elle n'a jamais été *mon amie*. »
- « Répondez à ma question ! » insiste le commissaire.
- « Je vous ai répondu, cette femme n'est pas mon amie. Elle est morte. **Tant mieux** ! »
- « Madame Bon, quand avez-vous vu Madame Cotine pour la dernière fois ? »
- « Vous appelez cette femme *Madame*, c'est loin d'être une dame. »

Sétout s'énerve.

- « Je l'ai vue hier au soir. »
- « Et pourquoi ce rendez-vous si Mélanie n'est pas votre amie ? » s'étonne Sétout.
- « Mélanie a essayé de **séduire** Richard, mon mari, mais cela n'a pas marché, alors, hier, elle m'a demandé de faire ménage à trois, et j'ai refusé. »
- « Votre mari était d'accord ? » Sétout remonte ses chaussettes qui ont des motifs d'Obélix et Idéfix. C'est un tic quand il est concentré.
- « Non, il est revenu chez nous. Juste le *démon de midi*, comme on dit, ou sa *midlife crisis*, comme disent les Anglo-Saxons. »
- « Bon, d'accord. Et quand l'avez-vous quittée ? »

Tant mieux ! [tã mjø] es trifft sich gut   **séduire** [sedɥiʀ] verführen

- « Nous nous sommes séparées après une promenade en bateau-mouche. Le bateau a eu un léger accident et nous n'avons pas fini la visite. »
- « Vous n'avez rien remarqué de spécial concernant Mélanie ? »
- « Oh si ! »
- « Eh bien quoi, Madame ? » Sétout est très intéressé.
- « Qu'elle est vraiment **laide**, peu intelligente, sans morale aucune. » dit Fleur avec élan.
- « C'est tout ? » demande le commissaire de plus en plus étonné.
- « Ça ne suffit pas, autant de **défauts** pour la même personne ? »
- « Si, Madame, vous avez raison. » Le commissaire sourit en lui-même, se lève, dit au revoir et merci à Fleur, puis part. Il a une petite idée.

Chapitre VI

- « Quels sont les résultats de l'autopsie ? » demande Sétout à son assistant Jean Tipote.
- « D'après le **médecin légiste**, le décès de Madame Cotine se situe entre 22 et 22 heures 30. Elle a un hématome au cou, mais la cause du décès est la **noyade**. »
- « Ah bon ? Vous avez déjà votre théorie, Tipote ? »
- « Oui. On **a frappé** la victime. C'est une blessure qui n'exige pas beaucoup de force : l'agresseur peut être une femme. »

---

laide [lɛd] hässlich   **défaut(s)** [defo] Fehler   **médecin légiste** [med(ə)sɛ̃ leʒist] Gerichtsmediziner   **noyade** [nwaʲad] Ertrinken   **a frappé** [a fʀape] hat ... geschlagen

- « Tipote, soyez plus clair. Vous pensez à Madame Bon, n'est-ce pas ? »
- « Pourquoi pas ? Elle a un motif. Elle déteste Madame Cotine, qui est une concurrente et un danger pour sa famille. En plus, les deux femmes se sont rencontrées samedi soir. »
- « C'est vrai. Vérifions encore une fois l'alibi de Fleur. Mais mon cher Tipote, le mari de Mélanie Cotine, lui aussi, a un motif très plausible. L'amour blessé d'un homme qui, malgré ses opinions libérales sur la vie de couple, n'accepte pas que sa femme le **trompe**. Qu'a-t-il fait samedi soir ? Alors, vous voyez, Tipote, Madame Bon et Monsieur Cotine sont plus que **suspects**. Occupons-nous sérieusement de ces deux-là. Ne perdons pas de temps. Occupez-vous aussi de cette **enveloppe** au nom et à l'adresse de *Edmée Thadone* qu'on a trouvée dans la poche de Madame Cotine. **Convoquons-le** pour demain. Je suis très curieux de connaître les **rapports** qui existent entre lui et Madame Cotine. » dit d'un ton pensif Sétout.
- « D'accord, commissaire. »

Chapitre VII

- « Monsieur, la web-cam filme l'interrogatoire, vous le savez, c'est la loi. »
- « Bien sûr, Monsieur le commissaire. Pas de problème. »
- « Alors, commençons. »

---

trompe [tʀɔ̃p] betrügt **suspect(s)** [syspɛ(kt)] verdächtigt
enveloppe [ɑ̃v(ə)lɔp] Umschlag **Convoquons-le** [kɔ̃vɔkɔ̃ lə] bestellen wir ihn **rapports** [ʀapɔʀ] Zusammenhänge

Nous sommes le jeudi 14 septembre, il est 19 heures 30. Dans la salle d'interrogatoire sont présents Monsieur Edmée Thadone, Jean Tipote et le commissaire Sétout.

– « Donnez-moi d'abord votre nom, votre adresse et votre profession. »

Le petit bureau aux murs blancs, sans fenêtre, est éclairé par des néons. Il y a une table avec une carafe d'eau et trois verres dessus et quatre chaises autour.

– « Je m'appelle Edmée Thadone. Mes copains m'appellent *Iti*, vous connaissez E. T. ? »

– …

– « J'ai 19 ans. Je suis étudiant en sociologie. J'habite chez mon père, 16 rue Ribéra, dans le XVIème arrondissement. »

Une drôle d'odeur **se dégage** de E. T. Ça sent comme dans une salle d'opération.

– « Je peux fumer ? » Sétout accepte volontiers. Le tabac sent meilleur que E. T. Le commissaire regarde Edmée Thadone allumer sa cigarette. E. T. est grand, sportif, avec des cheveux noirs et des yeux bruns. Sétout **éprouve** de la sympathie pour ce **beau gosse**. Un détail dérange le commissaire : les yeux de E. T. Son regard est vague. Sétout comprend son surnom d'*extraterrestre*.

L'inspecteur Tipote **tousse**. Il attend les questions de son chef.

– « Monsieur Thadone, qu'est-ce que vous avez fait samedi ? »

– « Samedi ? Attendez, laissez-moi réfléchir. Samedi ? Ah oui, j'y suis, c'est ça, je m'en souviens. Comme je me suis cou-

---

se dégage [sə degaʒ] entsteht   **éprouve** [epʀuv] empfindet
beau gosse [bo gɔs] gut aussehender Kerl   **tousse** [tus] hustet

ché très tard vendredi, je me suis levé vers midi, samedi. Ensuite, je suis allé à la **FNAC** pour acheter un livre. Je suis rentré à la maison vers 15 heures, je me suis d'abord recouché, puis après, comme le temps était beau, je me suis promené le soir sur les quais de la Seine. Voilà. »

– « Votre père peut confirmer votre **emploi du temps** ? »
– « Non, actuellement il est en voyage d'affaires. »
– « Le soir, vous vous êtes promené seul ? »
– « Oui, j'étais seul. »
– « Vous avez rencontré des gens qui vous ont vu ? »
– « Non, je ne pense pas. Tous mes amis partent le week-end. »
– « C'est bizarre un jeune homme qui passe son week-end tout seul. Bien, pour le moment laissons tomber votre emploi du temps. Parlons d'autre chose. » dit Sétout à E.T.

Dans la salle d'interrogatoire, **on entend quelques mouches voler**. L'heure de la vérité approche. Il est 21 heures.

Chapitre VIII

Le commissaire Sétout se lève. Il sort un papier **délavé** de sa poche et le pose sur la table. Il s'assoit et continue à fixer E.T. Il lui demande d'un ton sec :

– « Cette vieille enveloppe avec vos nom et adresse et ce mot *Caudéline*, ça vous dit quelque chose ? »

Des perles de sueur coulent sur le visage de E.T. Il commence à **trembler**. Il pose les deux mains sur la table.

FNAC [fnak] *großes Fachgeschäft für Bücher und Tonträger*
emploi du temps [ãplwa dy tã] Stundenplan   **on entend quelques mouches voler** [ɔ̃ ãtã kɛlkə muʃ vɔle] man hört einige Fliegen fliegen   **délavé** [delave] verwaschen   **Des perles de sueur** [de pɛʀl də sɥœʀ] Schweißtropfen   **trembler** [tʀãble] zittern

– « C'est un médicament à la codéine, c'est comme de la morphine, ça me calme. Vous ne pouvez pas vous imaginer l'**ambiance** à la maison. Mon père n'accepte que la réussite. Depuis que ma mère nous a quittés, il y a deux ans, mon père est encore plus sévère avec moi. »

E. T. n'arrête plus de parler. Il pleure. Le commissaire écoute, puis dit :

– « La drogue, c'est votre problème. Ça ne m'intéresse pas. Je mène l'enquête sur la mort de Mélanie Cotine. »

– « On a trouvé cette enveloppe dans la poche de Madame Cotine. Des **témoins** vous ont vu auprès d'elle. Vous avez tout intérêt à dire la vérité, ici et tout de suite. Monsieur Thadone, je vous demande : où étiez-vous au moment de sa mort ? »

Sûr de lui, puisque le problème de la drogue est réglé, E. T. répond :

– « Mais à 22 heures, j'étais déjà chez moi. »

– « Mais comment savez-vous l'heure du meurtre, je ne vous l'ai pas dite ? »

E. T. se mord les lèvres. Il en a trop dit. Il vient de faire une faute idiote, **impardonnable**, irréparable.

Et sous le choc de son **aveu** involontaire, il raconte ce qui s'est passé.

---

ambiance [ãbjãs] Stimmung   **témoins** [temwɛ̃] Zeugen
impardonnable [ɛ̃paʀdɔnabl] unverzeihlich   **aveu** [avø] Geständnis

Chapitre IX

« Samedi, pendant ma promenade sur les quais de la Seine, **j'étais en manque**, **j'ai vomi**, alors je me suis **frictionné** au camphre, je fais ça plusieurs fois par jour pour me stimuler.

D'habitude, ça m'aide, mais pas cette fois-ci. J'ai perdu connaissance. Après, j'ai cherché mes médicaments mais plus rien : plus de **comprimés**, plus de sirop. On me connaît dans les pharmacies du quartier et on ne veut plus m'en vendre. J'ai vu alors une dame devant moi. J'ai vite écrit *Caudéline* sur une enveloppe que j'avais dans ma poche et j'ai dit :

– Excusez-moi, Madame, pourriez-vous aller à la prochaine pharmacie pour m'acheter ce médicament dont j'ai besoin d'urgence ? Je n'ai plus la force d'y aller. »

J'ai mis l'enveloppe avec le nom du médicament *Caudéline* dans sa poche.

La dame a refusé.

– « Madame, c'est une question de vie ou de mort. »

– « Non ! »

Elle a **bougé** le bras droit, peut-être pour enlever l'enveloppe de sa poche, mais j'ai eu peur. Et puis, tout s'est passé très vite. Je l'ai touchée au cou, elle est tombée par terre. J'ai été pris de panique. **Je l'ai poussée** dans la Seine et **j'ai pris la fuite**. Quand je me suis réveillé à la maison, j'ai pensé : « Edmée, tu as fait un **cauchemar**. »

---

j'étais en manque [ʒetɛzã mãk] ich hatte Entzugserscheinungen **j'ai vomi** [ʒɛ vɔmi] ich habe gebrochen **frictionné** [fʁiksjɔne] eingerieben **comprimés** [kɔ̃pʁime] Tabletten **bougé** [buʒe] bewegt **Je l'ai poussée** [ʒə lɛ puse] ich habe sie geschubst **j'ai pris la fuite** [ʒɛ pʁi la fɥit] ich bin geflüchtet **cauchemar** [koʃmaʁ] Albtraum

Dans la salle d'interrogatoire, on entend toujours le **battement des ailes** des mouches. Le commissaire Sétout dit :

– «Monsieur Thadone, vous êtes en état d'arrestation **pour coups et blessures ayant entraîné la mort sans intention de la donner** sur la personne de Madame Mélanie Cotine.»

Sétout se lève, **plisse** le nez pour remonter ses lunettes, dit au revoir et quitte le bureau.

A la maison, Patience regarde un film vidéo.

– «L'affaire Cotine est réglée, ma chérie.» triomphe Marc.
– «Bravo! Et Monsieur le commissaire ne s'intéresse pas à ce que j'ai fait pendant ce temps?» demande ironiquement Patience.

Marc s'assied et remonte ses chaussettes aux motifs de Falbala et Obélix. Il embrasse Patience et dit : «Mais tu as pensé tout le temps à moi, voilà ce que tu as fait. Je le sais, je n'ai pas besoin de te le demander!»

– «Exactement, j'ai autant pensé à toi que toi à moi, commissaire macho!» dit la charmante Patience, qui remet sa vidéo en marche.

---

battement des ailes [batmã dezɛl] Flügelschläge   **pour coups et blessures ayant entraîné la mort sans intention de la donner** [puʀ kuze blesyʀ ɛjã ãtʀene la mɔʀ sãzɛ̃tãsjɔ̃ də la dɔne] wegen fahrlässiger Tötung   **plisse** [plis] runzelt

Drame au Tour de France

Vorwort

Liebe, Eifersucht, Wut, Rachegefühle, absoluter Siegeswille und Konkurrenzneid beschleunigen den Herzschlag.
Erfahren Sie selbst, wer bei dieser Tour de France auf der Strecke bleibt.

Die Hauptpersonen dieser Geschichte sind:

Anthony Jeancil
Radprofi, mehrfacher Sieger der Tour de France. Er ist verliebt.

Raymond Cinial
Radprofi, ewiger Zweiter. Er versucht alles, um das „Maillot jaune" zu gewinnen.

Joseph Ari
Masseur, Betreuer, Zeugwart und Krankenpfleger.
Ihm wird übel mitgespielt.

Docteur Roswitha Mine
Mannschaftsärztin. Sie arbeitete früher in Ungarn.

Marine
Fahrradsportbegeisterte Freundin von Joseph Ari. Sie liebt einen anderen Mann.

Patience Dange
Freundin von Marine und Lebensgefährtin von Marc Sétout.

Marc Sétout
Kommissar.

Ort der Handlung: Roscoff, Cholet, Niort, Saintes.
Zeit der Handlung: Anfang Juli.

Chapitre I

Roscoff, le 24 juin

Chère Patience,

Je suis très heureuse de te revoir. Tu arrives à un moment idéal : le Tour de France passe pratiquement devant la maison. Je suis **impatiente** de faire la connaissance de ton nouvel ami, Marc Sétout. "Sétout", quel drôle de nom !

J'ai des nouvelles à t'annoncer, des bonnes et des mauvaises. Je vis toujours avec Joseph Ari..., mais... il y a quelqu'un d'autre dans ma vie... Cette histoire-là, je te la réserve pour début juillet.

Je vous prépare la chambre d'amis.

Je t'embrasse très fort.

A bientôt.

Marine

---

impatiente [ɛ̃pasjɑ̃t] ungeduldig

Dans la voiture Patience parle avec enthousiasme de sa jeunesse et de sa meilleure amie.

– « Marine est une sœur pour moi. On était dans la même classe à l'école. Après je suis allée habiter à Paris. Elle, elle est restée ici, elle aime trop la mer, le vent, la côte, enfin « sa » Bretagne quoi !

– « Mais qui est ce type ce « Joseph Ari » » ? demande Sétout et remonte ses lunettes qui glissent.

– « Je ne le connais pas bien. C'est un **ancien coureur**, un masseur, un **entraîneur** … Tout ce que tu veux. »

– « Mais où l'a-t-elle connu ? »

– « Marine adore le sport, surtout le cyclisme. Alors, elle est partout où on voit quelqu'un sur un vélo. Elle l'a rencontré, il y a quatre ans au cours d'une course régionale … Je ne sais pas trop. »

Ils sont enfin arrivés. Patience se regarde et **se recoiffe**.

– « Je n'ai plus l'air très frais. »

– « Oh, tu exagères, tu es fraîche comme la mer bretonne le matin ! » Patience rit. Sétout vérifie sa perruque et tire sur ses chaussettes aux motifs d'Astérix et Obélix.

Chapitre II

Patience et son ami se lèvent tôt pour profiter au maximum de leurs vacances en Bretagne. Il fait déjà très chaud. Il y a de l'orage dans l'air.

---

ancien coureur [ãsjẽ kuʀœʀ] ehemaliger Rennfahrer
entraîneur [ãtʀɛnœʀ] Trainer   **se recoiffe** [sə ʀ(ə)kwaf] kämmt sich wieder

Patience et Sétout quittent la maison à dix heures, la course va passer vers 13 heures. Sétout, sans enthousiasme, accompagne Patience pour lui faire plaisir et, comme il a peur de s'ennuyer, il a pris deux albums d'Astérix et Obélix. Ils cherchent une place au bord de la route pour voir les coureurs du Tour de France passer. Le long de la route, il y a beaucoup d'**amateurs de cyclisme** qui ont eu la même idée qu'eux. Tous ont apporté leur pique-nique. Ils font penser à un tableau de Pierre-Auguste **Renoir**. Il y a de la musique, **des cris, des rires** : c'est la fête un peu partout et pour tout le monde.

Les motards de la gendarmerie nationale passent lentement et sifflent pour que les spectateurs dégagent la route. Le **peloton** est en train d'arriver avec, à sa tête, le champion Anthony Jeancil. Ses amis l'appellent Toni. Il est habillé tout en jaune et même son vélo est jaune. **Il s'est** aussi **décoloré les cheveux** qui sont encore plus jaunes que son maillot. D'ailleurs ses **coéquipiers** Raymond Cinial et Marc Impouin ont fait la même chose : ils sont tous blonds. Certains disent que c'est à cause du dopage : on ne peut pas analyser des cheveux décolorés. Les gens crient et chantent :
- « Allez, vas-y ! »
- « **Appuie sur les pédales** ! »
- « Allez, allez, t'es bon ! T'es l'champion ! »

---

amateurs de cyclisme [amatœr də siklism] Radsportliebhaber
Renoir (1841-1919) [rənwar] , das Gemälde: Le Déjeuner sur l'herbe (Frühstück im Grünen)   **des cris, des rires** [de kri de rir] Geschrei und Lachen   **Les motards de la gendarmerie** [le motar də la ʒãdarməri] die Polizisten auf Motorrädern   **peloton** [p(ə)lotõ] Hauptfeld   **Il s'est décoloré les cheveux** [il sε dekɔlɔre le ʃ(ə)vø] Er hat sich die Haare gefärbt.   **coéquipiers** [koekipje] Mitfahrer   **Appuie sur les pédales !** [apɥi syr le pedal] tritt in die Pedale

Les spectateurs applaudissent, **agitent des drapeaux**, jettent de l'eau aux cyclistes qui transpirent et **soufflent à grand bruit**.

– « Allez Toni, allez Toni. Allez … »

Les coureurs passent à toute vitesse. Sétout tient sa perruque à cause du vent.

Un coéquipier de Toni fait des zigzags, il roule près des spectateurs, puis au milieu de la route, il freine, refait des zigzags et enfin, il tombe. Le peloton qui le suit, freine mais plusieurs coureurs tombent … Que se passe-t-il ? Curieux ce coureur, ces zigzags …

– « Celui-là, tu le connais ? » demande Patience à son ami et montre Toni, le héros du Tour, qui continue sa route sans problème.

Marc ne sait pas. Il regarde tous les coureurs à terre et ne comprend pas pourquoi le premier coureur est tombé. Bizarre, Bizarre …

– « Mais c'est Toni. C'est lui le nouveau de Marine ! »

– « Ah bon ? Je vois déjà les problèmes. Beaucoup de problèmes » dit alors Marc Sétout, commissaire de police à Paris. « Ça commence à m'intéresser. » L'instinct professionnel du policier est en éveil.

---

agitent des drapeaux [aʒit de dʀapo] schwingen Fahnen
soufflent à grand bruit [sufl a gʀã bʀɥi] atmen laut

Chapitre III

Il y a deux moments privilégiés dans la vie d'un cycliste professionnel : mettre le **maillot jaune** et se faire masser. C'est tellement agréable de s'allonger et de **se détendre**, d'oublier la fatigue de la journée. Il faut oublier tout ce qui fait mal : les muscles, les jambes, les **genoux**, les **fesses** et tout le **corps**. Oublier la **souffrance** psychique et la souffrance physique parce que cela donne des idées, de mauvaises idées. Alors, bonjour le dopage.

Toni n'est pas aussi détendu que d'habitude.

– « Aïe, tu me fais mal. Fais attention, s'il te plaît ! » lui dit Toni.

Ari ne dit rien. Il masse machinalement le coureur.

Pendant le massage Toni ne reste pas tranquille. Enervé, il se lève. Joseph Ari, perdu dans ses pensés, le regarde et lui dit :

– « On arrête plus tôt aujourd'hui. Ça vaut mieux pour nous deux. » Il est fatigué et déprimé.

Toni est très surpris, il n'est pas sûr de bien interpréter les paroles de Joseph Ari. Il pense à Marine qui est son grand amour mais elle est aussi et surtout la **compagne** du masseur. Joseph Ari sait-il quelque chose ? Est-il jaloux ? Jeancil a **mauvaise conscience**. Il sort sans rien dire.

---

maillot jaune [majo ʒon] gelbes Trikot. Der Erfinder der Tour de France, Henri Desgrange, war Herausgeber der Zeitschrift „L'Auto". Die Farbe dieser Zeitschrift war gelb. Daher das „gelbe Trikot". So konnten die Zuschauer den Sieger besser erkennen.   **se détendre** [sə detɑ̃dʀ] sich entspannen   **genoux** [ʒ(ə)nu] Knie   **fesses** [fɛs] Gesäß   **corps** [kɔʀ] Körper   **souffrance** [sufʀɑ̃s] Leiden   **compagne** [kɔ̃paɲ] Lebensgefährtin   **mauvaise conscience** [mɔvɛz / mɔvɛz kɔ̃sjɑ̃s] schlechtes Gewissen

Chapitre IV

Joseph Ari a appris ce matin par le directeur sportif de son équipe la « Gauletech » que ce Tour de France est le dernier pour lui et **il est très en colère**. Bien sûr, il donne des médicaments aux coureurs, c'est aussi son job. Tous les soigneurs sont aussi des spécialistes du dopage. Ce n'est plus un secret. Il repense à sa conversation avec le directeur :

– « Non, Monsieur le directeur. Ça je ne veux pas le faire. Je ne veux plus rien donner d'autre. »

– « Vous en connaissez les conséquences, Joseph Ari ? » lui a demandé le directeur. « Après ce Tour, on n'a plus besoin de vous. »

– « Pourquoi me mettez-vous à la porte ? Je fais bien mon **boulot**, les coureurs **m'apprécient**. Alors ? »

– « Parlons ouvertement, » a répondu le directeur, « mais je vous le dis tout de suite, cette conversation n'a jamais eu lieu entre nous. D'accord ? »

– « D'accord ! » a dit Joseph Ari **étonné**.

– « L'autre jour Toni a eu des problèmes avec son genou. Vous n'avez pas voulu lui donner un médicament **contre la douleur** : Toni a perdu l'étape, ça coûte cher la perte d'une étape. Mon cher Ari, vous savez bien que nous vivons dans une société où les résultats économiques comptent. La Gauletech veut la victoire à tout prix. Moi, je suis responsable. Mettez-vous à ma place. Vous le savez : ce

---

il est très en colère. [il ɛ tʀezɑ̃ kɔlɛʀ] Er ist zornig.   **boulot** [bulo] Job   **m'apprécient** [mapʀesi] schätzen mich   **étonné** [etɔne] erstaunt   **contre la douleur** [kɔ̃tʀ la dulœʀ] gegen den Schmerz

n'est pas la première fois que vous dites non. Bonne journée, Ari. »

Le directeur sportif est un homme tout puissant. C'est lui qui choisit les coureurs pour le Tour de France, c'est lui qui dicte les stratégies d'équipe. Il fait la pluie et le beau temps. Ce qu'il dit à ses coureurs, c'est parole d'évangile.

Joseph Ari a quitté le bureau du directeur sans un mot. Il trouve cette réaction **injuste**, il repense à cette conversation. Il ne la supporte pas. Il a consacré sa vie à faire un bon travail. Le succès sportif de la Gauletech et surtout celui de Toni Jeancil, c'est aussi son **mérite**. Son **amour-propre** est blessé.

Chapitre V

L'équipe de la Gauletech a décidé d'organiser après l'étape de Roscoff une fête, juste pour les coureurs et quelques amis. **Le lendemain** est un jour de repos, ce n'est donc pas un problème.

Ils sont tous assis à une très longue table. Le directeur de la Gauletech est assis à côté de Joseph Ari qui est de mauvaise humeur. A côté de lui se trouve sa compagne Marine qui mange des yeux son voisin Toni. Patience avec Sétout et Raymond Cinial ont pris place juste en face d'eux. Les autres coureurs de l'équipe s'installent comme ils arrivent. Une femme, belle, d'âge moyen vient s'asseoir à côté de Sétout, elle se présente :

---

injuste [ɛ̃ʒyst] ungerecht   **mérite** [meʀit] Verdienst   **amour-propre** [amuʀpʀɔpʀ] Eigenliebe   **le lendemain** [ləlɑ̃dmɛ̃] der nächste Tag

– « *Docteurr* Mine, je suis le médecin de l'équipe. Mais ici, ils
   m'appellent tous Roswitha. Vous pouvez *fairre* comme
   eux. » Elle roule les « r » avec grâce.

C'est une **Hongroise** fascinée par la France et le cyclisme,
une passionnée de la course et surtout de la victoire. Avant,
elle était médecin d'une équipe en Hongrie.

   Marine n'écoute pas la conversation des autres. Elle ne fait
même pas attention à son amie d'enfance, venue de Paris. Patience n'en est pas fâchée. Elle comprend la situation délicate
mais elle commence quand même à se poser des questions.
Marine parle à Toni. Ils rient, ils se sourient. Ils ne s'occupent
de personne. Marine a mis un **châle** sur ses **épaules**. Il glisse
régulièrement. Discrètement, elle le fait glisser elle-même.
Toni se fait un plaisir de le lui remonter sur les épaules. C'est
une façon élégante de toucher Marine. Sétout regarde ce jeu
et il se demande comment cela va finir. Dans sa carrière pro-
fessionnelle la jalousie a été bien souvent le motif d'actes re-
grettables.

– « Je suis content de toi, Toni ! Tu continues comme ça et tu
   gardes ton maillot jaune jusqu'aux Champs-Elysées. On va
   te soutenir. » dit le directeur.
– « Il est *merrveilleux*, c'est un athlète de *trrès grrande* qualité.
   Il est *rremarrquable* » ajoute Roswitha.
– « Je crrois que si on s'occupe bien de lui, **on peut *encorre***
   améliorrer ses perrforrmances. Vous *comprenez* ce que je
   veux *dirre* ? » continue Dr Mine.

Hongroise [ˈɔgʀwaz] Ungarin   **une passionnée de la course** [ynpas-
jɔne də la kuʀs] ein begeisterter Radsportfan   **châle** [ʃɑl] Umhang
épaules [epol] Schultern   **on peut encore améliorer ses perfor-
mances.** [ɔ̃ pø ɑ̃kɔʀ ameljɔʀe se pɛʀfɔʀmɑ̃s] Man kann seine Leis-
tungen noch erhöhen.

Sétout est inattentif et n'arrive pas à oublier la chute de plusieurs coureurs.

– « Il a un tel « feeling » avec la presse. C'est idéal. C'est vraiment le **chouchou** de tous. » explique un coéquipier.

Raymond Cinial écoute tous les compliments qu'on fait à son collègue. Il trouve que c'est un peu trop, ça le gêne. Soudain, il sourit. Il a une idée.

Toni relève le châle de Marine qui est tombé par terre pour la troisième fois. Raymond Cinial regarde alors Joseph Ari. Le masseur n'a pas l'air bien. Toni se lève et va danser avec Marine. Ça énerve encore plus Joseph Ari. Il est **jaloux**. Un sentiment de **vengeance** monte lentement mais sûrement en lui.

– « Ça n'a pas l'air de bien aller ? » demande Raymond Cinial qui ne comprend pas pourquoi Joseph ne réagit pas avec plus d'agressivité envers Toni.

– « Je n'ai même pas osé dire à Marine que je quitte l'équipe. Elle n'a d'yeux que pour Toni. Ça je ne vais pas le supporter plus longtemps. » répond le masseur des **larmes** dans les yeux. Il n'en peut plus.

– « Tout le monde n'en a que pour Toni. La presse, les spectateurs, les femmes …Toni ci et Toni ça, Toni ici et Toni là. Toni, Toni, toujours Toni ! Moi aussi, j'en ai assez. Mais ne t'inquiète pas. Ça va changer, je ne sais pas comment mais ça va changer. Je le sens, j'en suis sûr. » dit Raymond Cinial.

---

chouchou [ʃuʃu] Liebling   **jaloux** [ʒalu] eifersüchtig   **vengeance** [vãʒãs] Rachegefühl   **larmes** [laʀm] Tränen

Chapitre VI

Il fait de plus en plus chaud sur la route de Cholet mais Toni se sent en pleine forme. Il a trouvé son rythme et ses coéquipiers l'aident. Son équipe est forte, Raymond est toujours à son service, c'est lui qui lance les sprints. C'est dur d'appuyer sur les pédales sous un soleil brûlant, la concurrence dans le dos et les crampes dans les jambes. Soudain, les applaudissements deviennent de plus en plus forts. Le vainqueur du dernier Tour, le chouchou des amateurs de cyclisme Jan Deutsch, à la tête de l'équipe Germaniateam, **fait une échappée**. Il double Toni et ses camarades. « Cours toujours » pense Toni. Il a du respect pour son concurrent mais il ne s'inquiète pas. Son avance sur Deutsch reste confortable : quatre minutes et six secondes, au classement général. Toni a soif. Il veut boire, sa main cherche le **bidon**, malheureusement il tombe par terre. Le coureur espagnol qui le suit, **évite l'obstacle**. Toni lève la main pour appeler **la voiture de ravitaillement**. Raymond arrive et lui passe son bidon. Raymond est toujours là quand Toni a besoin de lui. La course se passe sans problème. Toni conserve le maillot jaune et en plus, à la surprise générale, à l'arrivée à Cholet, personne de l'équipe de la Gauletech n'est contrôlé. Ils sont tous étonnés et contents, sauf un. Lui, il ne sourit plus. A-t-il encore une idée ? « **Demain, il fera jour** » pense-t-il et va vers son hôtel.

---

fait une échappée [fɛ yn eʃape] löst sich vom Feld   **bidon** [bidɔ̃] Wasserflasche   **évite l'obstacle** [evit lɔpstakl] weicht dem Hindernis aus   **la voiture de ravitaillement** [la vwatyʀ də ʀavitajmɑ̃] Versorgungswagen   **Demain, il fera jour.** [d(ə)mɛ̃ il f(ə)ʀa ʒuʀ] Morgen ist ein anderer Tag.

Chapitre VII

La nouvelle étape s'annonce excellente. Il fait moins chaud que les autres jours et grâce au Dr Mine, Toni se sent de nouveau en pleine forme, il a été malade toute la nuit et Roswitha s'est beaucoup occupée de lui. Mais maintenant Toni court vite, il a perdu deux coéquipiers tombés et un autre soupçonné de dopage. Sa vitesse moyenne est de 44 km/heure. C'est fantastique. Il laisse derrière lui les équipes Tifesna et Enco et la Germaniateam. Les 202 kilomètres ne lui font pas peur. Toni ne voit pas la beauté du paysage : Cholet, Niort, Saintes. Il se concentre sur la route. Il ne pense plus à sa dernière nuit. Il ne pense même pas à Marine. Il a une seule idée en tête : gagner.

– « Allez Toni, allez ! T'es l'champion ! Vas-y Toni ! »
Combien de fois a-t-il déjà entendu ces **encouragements**. Ça le rend encore plus fort, plus rapide, plus élégant, plus beau, sublime. Les supporters **défilent** à toute vitesse devant ses yeux. Il croit rêver. Il ne sent ni ses muscles, ni ses fesses, ni les crampes dans les jambes, ni … ni … Il **vole** au-dessus de la route, il est emporté par les applaudissements et l'enthousiasme des spectateurs. Il réussit tout : l'échappée, le premier sprint.

Anthony Jeancil, 25 ans, champion de France, porteur du maillot jaune, se trouve dans un état d'euphorie totale.

Soudain, des cris dans le public :

---

encouragements [ãkuʀaʒmã] Ermutigungen   **défilent** [defil] fahren an ihm vorbei   **vole** [vɔl] fliegt

– « Toni, attention ! »
– « Eh ! T'es fou ! »

Toni semble être complètement désorienté. Il ne roule plus au milieu de la route mais va de droite à gauche et de gauche à droite. Il zigzague. Le visage du champion change. Ses veines et ses artères deviennent énormes. Des **spasmes** secouent son corps. Il saigne du nez. Il respire avec bruit, en longs intervalles. Il n'a **plus de force** dans les mains. Ses pieds restent fixés aux pédales. Il perd l'équilibre. Il tombe la tête la première. Son vélo lui tombe dessus. Il ne donne plus aucun signe de vie.

Les spectateurs n'applaudissent plus. Ils ne disent plus rien. L'ambulance arrive quelques minutes plus tard.

Et le Tour de France continue.

Chapitre VIII

Le directeur sportif de la Gauletech veut éviter tout scandale, alors il demande à Sétout de s'occuper de l'affaire de façon non officielle. Sétout hésite et accepte car il pense que ça peut faire plaisir à Patience à cause de Marine. Et puis lui aussi, il aimerait savoir ce qui s'est vraiment passé sur la route.

Marc Sétout s'est déjà fait une idée de l'accident de Toni et aussi de ses deux coéquipiers mais pour le moment, il la garde pour lui.

---

spasmes [spasm] Krämpfe   **plus de force** [ply də fɔʀs] keine Kraft mehr

Il voudrait d'abord **interroger** le soigneur, ensuite Raymond Cinial et puis les autres membres de l'équipe.

– « Bonjour M. Ari, je ne me présente pas. On se connaît. Vous savez pourquoi je suis là ? » demande Sétout.

– « Non, » répond Joseph.

– « Eh bien, je vais vous le dire : je pense que l'accident de Toni, n'est pas un accident mais un crime **prémédité**. »

– « Qui est le criminel, alors ? » demande naïvement le soigneur.

– « Vous, mon bon, c'est clair ! »

– « Moi, commissaire, je n'ai rien fait. » crie Ari.

– « **Ils sont fous ces sportifs**. C'est ce qu'ils disent tous : je n'ai rien fait, ce n'est pas moi … » pense Sétout. Il remonte ses lunettes qui glissent.

– « Je ne suis pas un criminel, je suis un sportif, un masseur, un … »

– « Un homme jaloux qui veut éliminer un **rival**, un masseur **licencié** qui veut se **venger**, un soigneur qui a la possibilité de donner des médicaments et toutes sortes de substances aux coureurs. Tout le monde vous aime bien et tout le monde a confiance en vous. Alors, c'est un jeu d'enfants pour vous. »

– « Commissaire, vous délirez … Je ne fais que ce que le directeur me dit de faire et quand je trouve que c'est trop, je ne le fais pas. C'est d'ailleurs pour ça qu'il m'a licencié. De-

---

interroger [ɛ̃teʀɔʒe] befragen   **prémédité** [pʀemedite] vorsätzlich
Ils sont fous ces sportifs. [il sɔ̃ fu se spɔʀtif] Die spinnen, die Sportler. vgl. Die spinnen, die Römer.   **rival** [ʀival] Nebenbuhler
licencié [lisɑ̃sje] gekündigt   **venger** [vɑ̃ʒe] rächen

mandez-le-lui. » Joseph Ari ne sait pas quoi dire. C'est un homme fini.

- « C'est bien ce que je vais faire. Je vais voir le directeur. Mais vous, Ari, vous restez **à ma disposition**. »

Chapitre IX

Raymond Cinial a vu Toni tomber. Il est très inquiet. L'état de son coéquipier est alarmant. Il voit Sétout s'installer à l'hôtel. Il décide d'aller lui parler. Il se fait des reproches. Il commence à avoir peur. Il veut savoir pourquoi Sétout, c'est-à-dire pourquoi **la police judiciaire** s'occupe de l'accident de Jeancil.

- « Monsieur, je voudrais vous parler … » dit-il à Sétout
- « Pas maintenant, je voudrais interroger le directeur de la course. » répond le commissaire.
- « Mais pourquoi « interroger » ? On n'interroge que **les suspects**, quand il y a un délit ou un crime. Ici, c'est un accident. » explique Raymond très rapidement.
- « Mais nous pensons qu'il y a un crime justement. Toni n'avait aucune raison de tomber. La route était très belle. Les spectateurs ont déjà fait des **dépositions** dans ce sens. » dit Sétout étonné de la réaction de Raymond.
- « Mais vous vouliez me parler, je crois que vous commencez à m'intéresser. » continue le commissaire. « Venez au bar de l'hôtel, nous allons parler. Je suis un peu en avance. »

à ma disposition [a ma dispozisjɔ̃] zu meiner Verfügung
la police judiciaire [la pɔlis ʒydisjɛʀ] die Kriminalpolizei   **les suspects** [syspɛ] die Verdächtigen   **dépositions** [depozisjɔ̃] Aussagen

Chapitre X

- «Vous avez des nouvelles de l'hôpital, de Toni?» demande Raymond Cinial.
- «Rien de bon, il est dans le coma. Les premières analyses indiquent qu'il a pris des produits dopants. Lui ne peut pas en parler, M. Ari a déjà fait sa déposition. C'est lui qui s'occupe des coureurs, n'est-ce pas?» demande naïvement le commissaire.
- «Oui, oui, bien sûr mais… Ari est un type bien. Il ne donne que… euh… de bonnes substances! Rien d'interdit.»
- «Comment est ce Joseph Ari? Parlez-moi de lui.» insiste Sétout.
- «Un type bien, honnête, sympa, même trop sympa.» dit Raymond Cinial.
- «Trop sympa? Pourquoi?»
- «Avec Toni par exemple… Il aime bien Toni. Pourtant c'est à cause de lui qu'il a perdu sa place. Il n'a pas voulu lui donner des médicaments contre la douleur. Alors, c'est le dernier Tour de France pour lui. Puis, il y a Marine aussi, vous savez bien, M. le commissaire. Ce n'est pas très catholique ce que fait Toni…»
- «Je sais, je sais… J'ai vu. Mais qu'est-ce qu'il donnait comme „bonnes substances“?» veut savoir Sétout.

– « Je vais chercher „notre menu", il est dans ma chambre. Je reviens tout de suite. »

Raymond Cinial part et revient très rapidement. Il est nerveux. Il se sent mal. Sétout regarde „le menu" et dit :

– « Ça ne correspond pas aux analyses. On a trouvé autre chose … Des mélanges. Des mélanges qui sont dangereux. »

– « Je ne pouvais pas le savoir, M. le commissaire. Je lui ai juste mis un peu de **produit masquant** dans son bidon et dans le mien car je lui donne souvent mon bidon quand la voiture de ravitaillement est trop loin. C'était pour le disqualifier lors d'un contrôle antidopage … Ça n'a pas marché à Cholet puisqu'il n'y a pas eu de contrôle, alors, j'ai recommencé hier. Vous savez, Monsieur le commissaire, le cyclisme se base sur des stratégies d'équipe, ça c'est sûr, mais notre sport est par dessus tout un sport individuel. Et moi, j'ai tout pour être un champion. »

Sétout ne comprend plus rien. Il se lève, il faut qu'il réfléchisse.

– « Ne quittez pas l'hôtel aujourd'hui, M. Cinial. Je vais peut-être encore avoir besoin de vous. »

Chapitre XI

Sétout sait maintenant très bien qui est le coupable mais par mesure de sécurité, il interroge tous les membres de l'équipe. L'interrogatoire de Roswitha se passe sans nouveautés.

---

produit masquant [pʀɔdɥi maskã] Mittel, die eine genaue Analyse erschweren

- « Juste une question par curiosité. C'est vrai que le second salaire après celui du leader d'une équipe, c'est celui du médecin ? » demande Marc Sétout .
- « Euh ! Vous savez, c'est difficile à *dirrre*. Ça dépend de beaucoup de choses. On peut *dirrre* que … », elle est très émue et roule encore plus les « r ».
- « Je vous remercie Docteur. » Sétout se lève.

Avant de quitter la pièce, il se retourne comme le fait toujours le lieutenant Columbo quand il pose la question la plus importante de l'interrogatoire.
- « Au fait, j'ai encore oublié, comment s'appelle le médicament qui a certainement provoqué le coma de Toni Jeancil ? »

Sans hésiter une seconde, le docteur Mine répond :
- « Il s'agit d'un nouveau mélange d'amphétamines et d'EPO, c'est-à-dire de l'érythropoïetine. On appelle ça de … »

Le Dr Mine **se mord les lèvres**. Elle en a trop dit. Elle vient de faire une faute stupide, énorme, impardonnable.

Sétout réfléchit, il regarde ses chaussettes avec les motifs d'Astérix et d'Obélix et là, **lumière dans sa caverne** : il n'a jamais donné à personne le résultat des analyses, ni la composition des mélanges. Le hasard fait bien les choses. Comment le Dr Mine peut-elle le savoir ? Roswitha Mine **s'est trahie toute seule**. Sous le choc de son **aveu** involontaire, elle commence à pleurer :

---

se mord les lèvres [sə mɔʀ le levʀ] beißt sich auf die Lippen
lumière dans sa caverne [lymjɛʀ dã sa kavɛʀn] Es fällt ihm wie Schuppen von den Augen.   **s'est trahie toute seule** [sɛ tʀai tut sœl] hat sich selbst verraten   **aveu** [avø] Geständnis

– « C'est une *errreur* terrible. Je ne voulais pas ça. Je l'aime
   beaucoup mon Toni. J'*aurrais* tellement voulu qu'il gagne,
   il est si beau en jaune. »

Le lendemain, Patience et Marc Sétout rentrent à Paris plus
tôt que prévu. Patience a promis à son amie de revenir très
vite. Elle s'était imaginé leurs vacances autrement. « Ce n'est
pas si facile de partager la vie d'un commissaire. » se dit Patience à voix basse.

– « Tu as dit quelque chose ? » demande Marc. Patience ne répond pas. Elle lui sourit.

Raymond Cinial n'a eu de problèmes qu'avec le directeur de
l'équipe. Les produits masquants ne sont pas dangereux.

   Marine et Joseph se sont séparés. Elle est restée auprès de
Toni, ancien porteur du maillot jaune, qui n'est toujours pas
sorti de son coma.

   Le Dr Mine est en **détention préventive**.

---

détention préventive [detɑ̃sjɔ̃ pʀevɑ̃tiv] Untersuchungshaft

Crime en Anjou

Vorwort

Konkurrenzkampf und Eifersucht im lieblichen Anjou enden in einem tödlichen Drama.
Kommissar Sétout führt für einen erkrankten Kollegen die Ermittlungen.

Die Hauptpersonen dieser Geschichte sind:

Raimu Scadais
Winzer, baut einen biodynamischen Betrieb auf.

Marceau Vinion
Winzer, erfolgreich, will noch größer werden.

Emile Diou
züchtet und verkauft Jungreben, enthüllt ein Familiengeheimnis.

Sophie Locséra
hat ein Verhältnis mit Raimu Scadais.

Téphie Locséra
Schwester von Sophie Locséra, liebt ebenfalls Raimu Scadais.

Marc Sétout
Kommissar. Vertritt einen erkrankten Kollegen in Saumur.

Richard Donnay
Assistent von Sétout

Patience Dange
Freundin von Sétout, arbeitet weiterhin in Paris.

_____

Ort der Handlung: Caillou-le-Vineux, ein Höhlendorf in der Nähe von Saumur im Anjou
Zeit der Handlung: August

Chapitre I

- « *J'm'en vas m'en r'charcher un' chinchée, ben, dame, cé qu'cé pas pou' les gorins ! Un' p'tit' lampée, j'é grand sé. Î sont ben trop lambins !* » dit un vieux.
- « Qu'est-ce qu'il dit ? » demande un touriste à sa voisine, la mère **Picole**.
- « Ce brave père Boatreau dit qu'il va se rechercher un petit peu à boire, que le vin **n'est pas fait pour les cochons**, qu'il a très soif et que cela dure trop longtemps. »
- « Le Père Boatreau, c'est **le curé du village** ? » s'étonne le touriste à l'accent du sud.
- « *Ah ben nan* ! Ici, on dit *père* à la place de *monsieur* et *mère* pour *madame*. Dites, vous venez d'une autre planète ! »
- « Non, je suis d'Avignon. J'attends les résultats du **concours des vins** ! » répond le touriste. Il n'explique pas qu'il remplace un collègue à Saumur. Temporairement, il ne travaille plus à Paris. Il habite à **Turquant** depuis peu de temps.

Madame Picole regarde cet homme jovial, grand : 1,85 m. Il porte – malgré la chaleur – un pull par-dessus une chemise et une cravate dont les couleurs ne vont pas ensemble. Il a une perruque. Impossible de lui donner un âge : 45, 50, 60 ans ? Il remonte régulièrement ses chaussettes qui ont des motifs d'Astérix et de sa mère Praline.

---

picoler [pikɔle] = picheln   **n'est pas fait pour les cochons** [nɛ pɑ fɛ puʀ le kɔʃɔ̃] ist nicht für die Schweine gedacht   **le curé du village** [lə kyʀe dy vilaʒ] der Dorfpfarrer   **concours des vins** [kɔ̃kuʀ de vɛ̃] Weinprämierung   **Turquant** [tyʀkɑ̃] Dorf, wo die „pommes tapées" hergestellt werden

Enfin le président de la SAVA – **Société des Amateurs de Vins Angevins** – Yves Rogne annonce les résultats du concours. La médaille d'or du vin blanc liquoreux va à **Aubin** Deluigné, la médaille d'argent à Lambert Dulattay, et la médaille de bronze à **Hilaire** Saint-Florent, les félicitations du jury vont à **Melaine** Suraubance. Les gens applaudissent, **trinquent à la santé** et à la prospérité des **gagnants**. Les **vignerons** parlent de la difficulté de trouver de nouveaux marchés, de la concurrence **impitoyable** entre eux et de celle des **régions viticoles** entre elles. Raimu Scadais caresse son chien Gamay. Il a espéré une médaille jusqu'au dernier moment, mais rien : pas un regard pour son vin écologique et biodynamique. Il a perdu l'espoir de vendre *La Goulée du Troglodyte* dans les supermar-chés et chez les grossistes de la région. Il a toujours refusé de vendre son vin à la **coopérative**, mais maintenant ? Il a beaucoup investi en temps, en travail, en énergie, en argent, pour faire de la **culture** biologique. Il a attendu trois ans pour être reconnu biodynamique ; pour lui, sans médaille, c'est la ruine. Marceau Vinion, son principal concurrent, a déjà beaucoup bu. Le **pépiniériste** Emile Diou sourit du malheur de Raimu qui est le seul viticulteur à ne pas lui acheter de **plants de vigne** parce qu'ils ne sont pas cultivés biologiquement. Emile Diou commence à chanter, puis tous, même le touriste :

Boire un petit coup, c'est agréable,
Boire un petit coup, c'est doux ! […]

Société des Amateurs de Vins Angevins [sɔsjete dezamatœʀ də vɛ̃ ɑ̃ʒ(ə)vɛ̃] Gesellschaft der Freunde der Anjou-Weine **Aubin** [obɛ̃], **Hilaire** [ˈilɛʀ] typische Vornamen aus der Gegend **Melaine** typischer Vorname, ausgesprochen [məlɛn] **trinquent à la santé** [tʀɛ̃k a la sɑ̃te] stoßen auf die Gesundheit an **gagnant(s)** [gaɲɑ̃] Gewinner **vigneron(s)** [viɲ(ə)ʀɔ̃] Weinbauer **impitoyable** [ɛ̃pitwajabl] unerbittlich **région viticole** [ʀeʒjɔ̃ vitikɔl] Weinanbaugebiet *La Goulée du Troglodyte* [la gule dy tʀɔɡlɔdit] „Schluck des Höhlenbewohners" **coopérative** [k(ɔ)ɔpeʀativ] (Winzer-)Genossenschaft **culture** [kyltyʀ] Anbau **pépiniériste** [pepinjeʀist] Baumschulgärtner, hier: Rebenzüchter **plant de vigne** [plɑ̃ də viɲ] Weinrebe

Menu Fête des Vins samedi 9 août

(45,00 €* vin compris – un verre par plat)
Apéritif : Guignolet ou Soupe Angevine

Fouées aux rillettes de porc ou
Galipettes farcies
Coteaux du Layon 1999

Brochet au beurre blanc ou
Friture de Loire
*Saumur blanc **sec** 2002*

Fricassée de poulet au *Cabernet de Saumur* ou
Rillauds chauds
Grenots au beurre
Cabernet d'Anjou 2002

Plateau de fromages
Champigny Rouge 2001

Bijane aux fraises ou
Pommes ou poires tapées avec glace à la vanille ou
Pâté aux prunes
Bonnezeaux 1998
Café
Digestifs : *Triple-Sec* ou *Royal Combier*

* Toutes taxes comprises et service compris

Apéritif [apeʀitif] eigentliche Bedeutung: appetitanregend
sec [sɛk] trocken   **Digestif** [diʒɛstif] verdauungsfördernder Likör

Chapitre II

Le dîner dansant se passe dans la bonne humeur. La consommation de boissons alcoolisées, la chaleur, la danse, la musique et les conversations animent cette soirée.

Les hommes, le visage rouge, ont enlevé leur cravate, ensuite leur veste. Les femmes conseillent à leur mari de moins boire. Les enfants profitent de la bonne **ambiance** pour demander à leurs parents de l'argent qu'ils dépensent dans les **manèges** ou dans des sucreries.

Il commence à faire nuit, les étoiles brillent, on voit Vénus. Les vignerons sont assis à quelques mètres de l'orchestre. Raimu est placé entre les deux sœurs Locséra : Sophie et Téphie. Il veut oublier ses problèmes, s'amuser…

– « Qu'est-ce que tu dis ? Je n'entends rien. La musique est trop forte. »

Raimu se tourne vers Téphie, sa bouche tout près de son oreille parfumée. Cela lui cause une **sensation forte**. Téphie est **infirmière** à l'hôpital de Saumur. Raimu et elle sont sortis plusieurs fois ensemble, mais il est le petit ami de Sophie. Le chapeau de soleil de Téphie, posé sur la table, tombe par terre. Tous les deux se baissent pour le ramasser. Leurs mains se touchent sous la table. Sophie les regarde, Raimu s'efforce d'être normal.

– « **Quelle chaleur !** » dit-il à sa petite amie.

Après une longue pause, il ajoute :

---

ambiance [ãbjãs] Stimmung   **manège** [manɛʒ] Karussell   **sensation forte** [sãsasjõ fɔʀt] prickelndes Gefühl   **infirmière** [ɛ̃fiʀmjeʀ] Krankenschwester   **Quelle chaleur !** [kɛl ʃalœʀ] Was für eine Hitze!

– « Il faut que je te parle… »

Sophie l'interrompt :

– « Pas ce soir. »

Malgré la chaleur, le visage de Sophie est blanc comme un linge. Elle jette un **regard jaloux** à sa sœur. Elle se lève. Que pense-t-elle ?

– «Tu t'en vas déjà ?» lui demande Raimu. Elle ne répond pas.

– « Moi, je reste encore un peu. J'ai promis une danse à Marceau Vinion. » s'excuse Téphie.

Raimu embrasse Sophie. Il ne peut pas se décider. Entre les deux son cœur balance…

Chapitre III

– « J'aimerais te parler. » dit Marceau.

Raimu lui demande d'un air étonné :

– « Maintenant ? »

– « Oui, c'est très important… pour toi. » insiste Marceau.

Curieux, Raimu lui répond :

–« Bon. On marche ? Ça va nous faire du bien. Gamay, viens ! »

– « Cet après-midi, ta réaction, lors de la **remise des prix**, a été négative, n'est-ce pas ? »

– « Ça t'étonne ? Je travaille comme un fou et ce sont toujours les mêmes qui encaissent les prix. »

Il regarde Marceau.

---

regard jaloux [ʀ(ə)gaʀ ʒalu] eifersüchtiger Blick   **remise des prix** [ʀ(ə)miz de pʀi] Preisverleihung

- « Calme-toi, et parlons franchement. Tu as fait ton choix, moi le mien. »
- « C'est bien vrai. J'ai une autre conception de notre métier de vigneron. Je veux gagner de l'argent et respecter la terre que je **cultive**. Contrairement à toi, je dis non à l'utilisation d'**engrais** chimiques, non à l'utilisation de **désherbants**. Et je dis encore non à l'utilisation de **pesticides**. »

La lune a disparu derrière les nuages. On entend les **grillons**.

- « Tout à l'heure, tu m'as parlé d'une proposition intéressante. Raconte ! »
- « Je connais ta situation financière. Elle n'est pas brillante. » dit Marceau Vinion d'un ton sarcastique.
- « Qu'en sais-tu ? »
- « Dans ma position, on a des oreilles partout. Si mes informations sont exactes, sur le plan financier, **tu peux tenir le coup** encore pendant un an, au maximum deux ans. Tu le sais, tu as besoin encore de sept ans pour rentabiliser ton **exploitation** biodynamique. »

Le vigneron écologiste n'en croit pas ses oreilles. Il reste sans voix. Il a l'impression de perdre l'équilibre. Il s'appuie contre un arbre. La tête lui tourne. Tout le monde **fait pression** sur lui. Son avenir est en danger. La dernière **menace** porte un nom : Marceau Vinion.

- « Allez Raimu, je ne suis pas ton ennemi. Au contraire, je vais t'aider. Tu vas réaliser ton rêve de viticulteur *écolo*. Je

---

cultive [kyltiv] bebaue   **engrais** [ãgʀɛ] Dünger   **désherbant** [dezɛʀbã] Unkrautvernichtungsmittel   **pesticide** [pɛstisid] Schädlingsbekämpfungsmittel   **grillons** [gʀijõ] Grillen   **tu peux tenir le coup** [ty pø t(ə)niʀ lə ku] du kannst durchhalten   **exploitation** [ɛksplwatasjõ] Betrieb   **fait pression** [fɛ pʀesjõ] übt Druck auf ihn aus   **menace** [mənas] Drohung

te finance ton exploitation. En échange, tu me vends 60%
de ton **vignoble** qui est juste à côté du mien. »
- « La *Goulée du Troglodyte* ! Jamais. C'est le meilleur **terroir** !
Jamais de la vie. Je vais… »
- « Tu ne peux pas refuser ma proposition. Parlons-en de-
main. **La nuit porte conseil**. »
- « Non, une fois pour toutes. Ce terroir que tu veux est une
mine d'or. »

Marceau Vinion s'approche de Raimu Scadais. Il le regarde
froidement et lui dit d'un ton menaçant :
- « Une mine d'or quand on a les moyens de l'exploiter… Tu
vas me le vendre ce vignoble… »
Il ne termine pas sa phrase. Il a entendu quelque chose ou
quelqu'un derrière les **buissons**.

Chapitre IV

- « Tiens ! Tu m'as suivi ?» demande Raimu, surpris de voir
Téphie.
- « Pas du tout, » répond-elle, « j'ai trop bu, alors je prends
l'air. J'ai entendu ta conversation avec Marceau. Fais attention à lui. Il est brutal quand il défend ses intérêts. Dis-
moi si je peux t'aider. Souviens-toi : nous nous sommes
promis d'être francs l'un envers l'autre. » dit Téphie.

---

vignoble [viɲɔbl] Weinberg   **terroir** [tɛʀwaʀ] Boden, Lage (beim
Wein)   **La nuit porte conseil** [la nɥi pɔʀt kɔ̃sɛj] Kommt Zeit (hier
Nacht), kommt Rat.   **buisson** [bɥisɔ̃] Gebüsch

Raimu ne dit rien. Il pense à Sophie. Ils se taisent. Puis Téphie lui demande :

– « Tu m'aimes ? »

Elle a peur de la réponse, elle pense à sa sœur. Elle est en colère contre elle-même d'avoir posé cette question. La réponse rassurante arrive rapidement :

– « **Comment peux-tu en douter** ? » Il la prend dans ses bras. Gamay aboie.

– « Il est jaloux. » commente Raimu.

– « Moi, aussi. Je veux vivre avec toi, je voudrais que notre relation soit claire. » explique Téphie.

– « Attends encore un peu. Sophie est partie tôt, je n'ai pas pu lui parler ce soir. »

– « Je vais investir dans ta *Goulée du Troglodyte*, j'ai un peu d'argent, on va faire une **équipe** sensationnelle. »

Le chien aboie encore.

– « Tais-toi, Gamay ! »

– « Il y a peut-être un petit animal dans les buissons, » dit Téphie, « j'entends des bruits. »

Gamay et Raimu avancent vers les buissons, tout à coup, un grand bruit, puis une silhouette qui court, puis plus rien…

– « C'est quoi ? C'est qui ? » crie Téphie.

– « Aucune idée. Il fait déjà trop nuit, mais c'est sans importance. Et puis, j'ai trop bu. Je suis fatigué. Je te raccompagne, je crois que je vais dormir **à la belle étoile** ; quand j'ai trop bu, ma chambre est une **prison** ! »

Comment peux-tu en douter ? [kɔmɑ̃ pø ty ɑ̃ dute] Wie kannst du daran zweifeln? **équipe** [ekip] Mannschaft **à la belle étoile** [a la bɛl etwal] im Freien **prison** [pʀizɔ̃] Gefängnis

Chapitre V

– «*Pourquoué qu't'é là, toué?*» Le père Boatreau se demande pourquoi Gamay est là, tout seul. Il regarde autour de lui et cherche Raimu : le chien et le maître sont inséparables. Gamay aboie. Le père Boatreau se penche et voit que le chien **gratte l'entrée d'un puits à raisins**. Il **alerte** les villageois qui jouent dans le **jeu**, à la boule de fort. On appelle la police.

Le commissaire Sétout arrive, ses collègues sont déjà là. Ils ont trouvé Raimu dans la grotte, sans vie. Tout le village attend pour savoir ce qui s'est passé. Le commissaire est habillé – malgré la chaleur – d'un pull, d'une chemise et d'une cravate qui ne vont pas ensemble. Il remonte ses lunettes en plissant le nez, un tic quand il se concentre. Il s'informe auprès de son jeune collègue, Richard Donnay :

– « Qui l'a trouvé ? »
– « Le père Boatreau. » répond Richard.
– « Vous le connaissez ? » demande Sétout au vieil homme.
– «*Dame voui !*»
– « Il habite où ? » demande Sétout avec son petit accent du Midi. Il remonte ses chaussettes avec des motifs d'Obélix et de sa mère **Gélatine**. C'est son autre tic quand il est énervé.
– « Ici, à Caillou-le-Vineux, dans le *troglo* des Andécaves, sur la route de Parnay, dans la direction de Champigny. »
– « Je vais descendre regarder le cadavre de plus près avant d'aller visiter son *troglo*. » explique Sétout.

---

gratte l'entrée d'un puits à raisins [gʀat lɑ̃tʀe dœ̃ pɥi a ʀεzɛ̃] gräbt am Eingang einer Traubenschütte (Traubenschütte: Die frisch gepflückten Trauben werden durch diese Öffnung im Boden direkt in die darunterstehende Weinpresse geschüttet.)   **alerte** [alεʀt] alarmiert   **jeu** [ʒø] Raum, wo man „Boule de fort" spielt. Darf nur mit Filzschuhen betreten werden.   **Gélatine** [ʒelatin] Mutter von Obélix, heißt auf Deutsch „Popeline"

Chapitre VI

Marc Sétout se plaît beaucoup en Anjou. Tout y est plus paisible. Même la mort. Mais les apparences sont trompeuses.

Sétout s'approche de Raimu Scadais. Il est grand, il a les cheveux bruns, courts, et il porte une chemise à carreaux, un pantalon et des chaussures beiges. On voit à son visage et à ses mains qu'il travaillait **en plein air**. Le vigneron semble dormir. Sétout lui vide les poches ; rien d'intéressant : un couteau, de la monnaie, une montre. Un détail attire son attention : sur son bras droit, il y a des **traces de piqûres**. Le policier s'y connaît. Combien de fois a-t-il déjà eu affaire à des drogués ? Raimu Scadais, **viticulteur** écologiste, un drogué ? Bizarre. S'est-il tué, par hasard, avec une surdose ou avec de la *dope* de mauvaise qualité ? Est-ce le résultat d'un mélange alcool et drogue ? Il y a une piqûre qui est plus grande que les autres. Sétout regarde autour de lui. Son instinct professionnel lui dit : il y a quelque chose qui ne va pas. Il remonte ses chaussettes.

– « Il était **gaucher**, comme moi ! » dit Richard Donnay.
– « *Dame nan*, » répond le père Boatreau, « *j'l'sé ben, j'ons tarvaillé avec l'î !* »
  Cette remarque dérange Sétout dans ses pensées.
– « Richard ! Fais évacuer les **spectateurs** ! »
– « Mais il dit que Raimu n'est pas gaucher, qu'il le sait puisqu'il a travaillé avec lui ! »

---

en plein air [ɑ̃ plɛnɛʀ] draußen, im Freien **traces de piqûres** [tʀas də pikyʀ] Spuren von Einstichen **viticulteur** [vitikyltœʀ] Weinbauer, Winzer **gaucher** [goʃe] Linkshänder **spectateur(s)** [spɛktatœʀ] Zuschauer

– « Ah ! » Sétout plisse le nez pour remonter ses lunettes qui glissent. Qu'est-ce qui ne va pas ? Pas gaucher, c'est déjà un indice. Un **droitier** qui se fait des piqûres avec la main gauche ? Sétout allume un cigare. Il est tout concentré.

Il s'adresse à son collègue :

– « Richard, avec quoi Raimu Scadais s'est-il piqué ? Où est la **seringue** ? »

Les policiers cherchent dans la grotte, puis à l'extérieur, sans résultat.

– « Tu vois, Richard, pas de seringue. C'est clair : Raimu Scadais a été tué. Envoie le corps à l'autopsie. Fais-moi une liste des noms des personnes qui ont passé les dernières heures avec Scadais. »

Les ordres de Sétout sont dits très rapidement. Au début d'une enquête, c'est toujours la même chose.

Chapitre VII

Sétout est dans le bureau de son collègue malade, au mur une **vinarelle** de Yves de Saint Jean. Il a décoré sa bibliothèque avec des figurines des bandes dessinées d'Astérix et Obélix. Il lit une lettre anonyme : « *Le **meurtrier** de Scadais est Emile Diou. Histoire de familles…* »

Le village est si petit, il passe pour **interroger** tout le monde.

– « Bonjour monsieur Diou ! Je suis… »

---

droitier [dʀwatje] Rechtshänder   **seringue** [s(ə)ʀɛ̃g] Spritze
vinarelle [vinaʀɛl] Aquarell, das mit Wein statt mit Wasser gemalt ist   **meurtrier** [mœʀtʀije] Mörder   **interroger** [ɛ̃teʀɔʒe] befragen

- « Je sais… » l'interrompt Emile « Y a rien à dire, sur Raimu… un vigneron un peu **fou**, comme tous les *écolos*, pas le sens des affaires, pas comme son vieux… »
- « Expliquez-moi ! » encourage le policier.
- « C'est une vieille histoire. Le grand-père Scadais, à l'époque où il était **maire** de Caillou-le-Vineux, a acheté des terrains sensationnels à de pauvres vignerons, **pour une bouchée de pain**… Le terroir du Moulin-aux-Fouées, c'est un **clos**, il l'a acheté pour un cochon symbolique… »

Diou parle avec emportement, le regard froid.

- « Pour un *seul* cochon ! Un clos, c'est une mine de diamants ! » s'exclame Sétout.
- « C'est du **vol** ! Mon grand-père a eu une relation amoureuse avec la jeune sœur du grand-père Scadais, elle a eu un enfant, à 15 ans ! Alors le grand-père Scadais **a fait du chantage**, « la police ou le clos ». Dans le village, à cette époque, vous savez… l'honneur de la famille… »
- « Mais, les difficultés financières de Raimu Scadais, avec ce clos… »
- « La vigne est trop vieille maintenant, il faut planter une jeune vigne… C'est cher. »
- « Pourquoi n'a-t-il pas vendu son clos alors ? » demande le commissaire.
- « *Je vais avoir le premier clos écolo de la région, le clos du Moulin-aux-Fouées*, voilà ses paroles. Un fou, je vous dis. Il n'a

---

fou [fu] verrückt   **maire** [mɛʁ] Bürgermeister   **pour une bouchée de pain** [puʁ yn buʃe də pɛ̃] für einen Apfel und ein Ei   **clos** [klo] eingezäunter Weinberg   **vol** [vɔl] Diebstahl   **a fait du chantage** [a fɛ dy ʃɑ̃taʒ] hat ihn erpresst

jamais voulu le vendre, surtout pas à moi, *c'est une question d'honneur*, ce sont ses mots… » hurle Emile Diou.
- « Calmez-vous ! C'est du passé. »
- « *Ben nan*, c'est encore du présent ! » Emile Diou est agressif.
- « Je vous remercie, Monsieur, au revoir et bonne journée. » dit le commissaire.

Sétout se lève pour partir.
- « Dites-moi, Diou, vous avez des animaux, des vaches ou des cochons ? » interroge le commissaire, près de la porte, comme le fait le lieutenant Columbo, son héros.
- « Bien sûr. »
- « Donc vous faites des piqûres, des **vaccins** à vos animaux. » constate Sétout.
- « *Ben voui*, comme tout le monde. » Diou pense que ce *Parisien* est un idiot.
- « Alors, restez **à la disposition** de la police. » dit Marc Sétout qui allume un cigare.

Chapitre VIII

Marc Sétout se rend au *troglo* de Marceau Vinion.
- « Parlez-moi de vos relations avec Raimu Scadais. » demande directement le commissaire.
- « Normales. Bonnes. »
- « Vraiment ? » demande le policier. Il fait une longue pause pour irriter Marceau Vinion.

---

vaccins [vaksɛ̃] Impfungen   **à la disposition** [a la cispozisjɔ̃] zur Verfügung

- « D'après mes informations, vous avez essayé d'acheter son vignoble, à tout prix, vous entendez, à tout prix. Qu'en dites vous ? » Il accentue chaque mot.

Marceau Vinion devient blême. Des perles de sueur lui coulent sur le front.

- « Comment le savez-vous ? » bégaie-t-il.
- « C'est moi qui pose les questions. Votre réponse ? » dit le commissaire calmement.

Marceau Vinion se lève et va chercher un verre d'eau. Sa main tremble.

- « D'après mes informations, vous avez quitté le dîner dansant vers 23 heures 30, en compagnie de Raimu Scadais. Alors… ? » demande Marc Sétout, impatient.
- « … »
- « Bon, comme vous voulez. Au revoir. Je vous attends dans mon bureau, à 16 heures. »

Chapitre IX

Marc Sétout téléphone au médecin Clément Deslevées pour connaître les résultats de l'autopsie. Il va les avoir dans deux heures.

En attendant, il va chez Téphie Locséra. Il a de la chance. C'est son jour de repos.

- « Téphie, vous avez un prénom original. »

- « Oui, il vient de l'hébreux, de Taphath... une des filles du roi Salomon. »
- « Un prénom royal ! Mademoiselle, depuis quand connaissez-vous Raimu Scadais ? »
- « Depuis toujours. »
- « Quand l'avez-vous vu pour la dernière fois ? »
- « Samedi soir. J'ai dansé avec Marceau Vinion. Après, Raimu m'a raccompagnée vers deux heures du matin. »
- « Quelle était votre relation avec lui ? »
- « Amicale. »
- « Sans plus ? » demande Sétout étonné. Il a entendu parler de sa liaison avec Raimu.
- « Non. Sans plus. » hésite Téphie.
- « Bon. **Je peux vous joindre où**, si j'ai encore des questions à vous poser ? »
- « A l'hôpital de Saumur. Je suis infirmière. » Le commissaire ne peut pas cacher sa surprise.

Au bureau, Sétout téléphone à Patience.

- « Ecoute Marc, j'ai bien compris : tu as interrogé Emile Diou, Marceau Vinion et Téphie Locséra. Le **mobile** de Diou : la **vengeance**. Celui de Vinion : l'argent. Tous les deux ont eu la possibilité de tuer Scadais. Mon intuition féminine me dit que si Téphie n'a pas parlé de sa relation avec Raimu, c'est que ce n'est pas normal... En plus, elle est infirmière... pense à la seringue, mon chéri ! » s'enthousiasme Patience.

Je peux vous joindre où ? [ʒə pø vu ʒwɛ̃dʀ u] wo kann ich Sie erreichen? **mobile** [mɔbil] Motiv **vengeance** [vãʒãs] Rache

- « Exactement. Mais je ne vois pas de mobile. Il faut attendre l'autopsie. Je vais donner rendez-vous à Sophie, pour ce soir, dans mon bureau. Moi, je pense que le meurtrier de Raimu Scadais… »

Richard Donnay apporte un café à Sétout.

- « Oh, euh, Patience, j'ai un dossier urgent qui arrive… »

Chapitre X

- « Bonjour, Mademoiselle. J'essaie de me faire une image de Raimu Scadais et de ses voisins et amis. »
- « Je n'arrive toujours pas à croire qu'il est mort. Il y a deux jours que nous avons dansé, que nous avons parlé de nos projets. » dit Sophie Locséra à voix basse.
- « Des projets ? Quels projets ? » demande Sétout.
- « Nous avons même parlé **mariage**. Je connais Raimu depuis toujours. Samedi dernier… fini le grand rêve… pas de médaille d'or pour son vin écologique *La Goulée du Troglodyte*… »

La voix de Sophie devient de plus en plus faible. Elle se tait. Sétout la regarde. Il a **pitié d'elle**. Sophie pleure.

Quelqu'un frappe à la porte.

- « Entrez ! » Richard Donnay fait signe à Sétout. Il lui murmure quelques mots à l'oreille. Sophie ne pleure plus. Elle est tout attentive. Elle essaie de comprendre ce que les

---

mariage [maʀjaʒ] Heirat   **pitié d'elle** [pitje dɛl] Mitleid mit ihr

deux policiers se disent. Sans succès. Donnay donne le rapport d'autopsie à son patron.

– « En bas de la page 4, patron. »
– « Excusez-moi, Mademoiselle Locséra, juste une minute. »

Sétout n'en croit pas ses yeux. Il relit le résultat de l'autopsie et s'adresse à Sophie :

– « Raimu Scadais a été tué par une personne qui possède des connaissances médicales. Je formule une hypothèse, comment dire… Mademoiselle Locséra, il y a un **lien** entre la mort de Raimu Scadais et votre sœur. »

Sans hésiter une seconde, Sophie s'écrie :

– « Non. Ma sœur n'est pas capable d'un tel crime. Elle ne peut même pas tuer une mouche. »

Elle n'a plus de voix. Elle essaie de se lever mais ne le peut pas. Elle ouvre son sac à main et mange quatre morceaux de sucre.

Lumière dans la caverne du commissaire Sétout : Sophie est diabétique.

Il essaie de lui parler calmement.

– « Raimu Scadais est mort à la suite d'une surdose d'insuline. Vous comprenez ce que je dis ? »

Sétout se tait. Sophie ne montre pas la moindre réaction.

– « Pourquoi avez-vous tué Raimu Scadais ? »

---

lien [ljɛ̃] Zusammenhang **Lumière dans la caverne de …** [lymjɛʀ dɑ̃ la kavɛʀn də] es fällt ihm wie Schuppen von den Augen

Chapitre XI

Sous le choc de l'accusation, elle commence à parler :

- « Samedi soir, j'ai un peu bu et avec mon diabète… Alors pour avoir la tête plus claire, je me suis promenée. Et là, j'ai vu ma sœur dans les bras de Raimu. Je les ai suivis instinctivement. J'ai entendu, cachée derrière des buissons, leur conversation. Ils se sont embrassés. Ils ont parlé de leur amour, de leur vie à deux. J'ai pensé… lui et moi… notre mariage… Le choc. »

Sophie s'arrête de parler. Sétout attend qu'elle continue à raconter.

- « Quand ils se sont séparés, **j'ai fait semblant de** le rencontrer par hasard. Nous sommes descendus dans un ancien troglo pour parler tranquillement. Il m'a dit non. J'étais déçue, terriblement blessée. J'ai vu rouge. Vous connaissez la suite. »
- « Non. Expliquez-moi. »
- « Il était **ivre**, un peu endormi, je n'ai pas réfléchi… le mal d'aimer… la jalousie… J'ai pris ma seringue d'insuline… J'y suis arrivée la troisième fois. »
- « D'où les trois traces de piqûres. Et la lettre anonyme ? » murmure Sétout.
- « C'est moi aussi. Je n'aime pas Diou… C'est un jaloux…, un homme brutal et sans scrupules, un coupable idéal… »

---

j'ai fait semblant de … [ʒɛ fɛ sãblã də] ich habe getan, als ob
ivre [ivʀ] betrunken

– « Mademoiselle Locséra, je vous arrête pour meurtre sur la personne de Raimu Scadais. Richard, emmène-là ! » Sétout plisse le nez pour remonter ses lunettes. Il est mélancolique.

Avant de quitter son bureau, il téléphone à sa petite amie Patience Dange, restée à Paris.

– « Je suis libre ! Tu peux venir ce week-end ?… D'accord, alors je réserve une table au restaurant troglodytique pour samedi soir, à Doué-la-Fontaine… Ta silhouette ? Alors, dimanche, on élimine les calories, on va faire une promenade sur les Chemins de la Rose, dans le Parc de Courcilpleu… Moi aussi… Une grosse bise. »

Sétout remonte ses chaussettes avec des motifs de **Bonnemine** et **Falbala**. Il allume un cigare.

Bonnemine [bɔnmin] Ehefrau des Gallierchefs   **Falbala** [falbala] schönste Frau bei den Galliern

Petit glossaire des vins, de la vigne et des particularités de l'Anjou

Andécaves / Andégaves mpl. *Volk, das das Gebiet Anjou bewohnte und gegen die Römer kämpfte.*

Bonnezeaux m *edelsüßer Weißwein aus dem Gebiet der Coteaux du Layon*

boule de fort f *Ein dem Boule-Spiel (pétanque) ähnliches Kugelspiel, das in einem geschlossenen Raum auf einer regenrinnenförmig gewölbten Holzbahn (20 x 7m) gespielt wird: die Spieler versuchen, die Kugeln möglichst nahe an die Setzkugel (maître) heranzuwerfen. Die abgeflachten Kugeln haben eine ungleichmäßige Gewichtsverteilung: daher der Name „fort" (= schwere Seite).*

Cabernet d'Anjou m *fruchtige, halbtrockene bis liebliche Roséweine aus dem Anbaugebiet Anjou*

cépage m *Rebsorte*

Champigny Rouge m *fruchtiger Rotwein*

Chardonnay m *Traubensorte*

Coteaux du Layon m *geschätzte likörartige Weißweine aus dem Tal des Layon südlich von Angers*

Gamay m *dunkle Traubensorte*

mildiou m *Mehltau*

muscadet m *Weißwein- und Rebsorte, Muskateller*

phylloxéra m *Reblaus*

Saumur m *aromatische Rot- und fruchtige Weißweine sowie Weiß- und Roséschaumweine aus der Gegend um Saumur*

Sauvignon m *Traubensorte*

troglodyte (troglo) m (Bewohner einer) Höhlenwohnung. *In dieser Gegend hat man Wohnräume direkt in den Stein gehauen. Diese bestehen aus Wohnkellern mit Nebenräumen für Tiere und Handwerksgerät und einem Weinkeller. Nur der Schornstein ragt aus der Erde.*

Menu

fouées aux rillettes de porc f *hohles Brötchen gefüllt mit Schmalz und Schweinefleisch*

galipettes farcies f gefüllte Pilze

brochet au beurre blanc m Hecht in Buttersauce

friture de Loire f *kleine Bratfische*

rillauds chauds m *Schweinebauchstückchen in Schmalz gekocht*

grenots au beurre m weiße Bohnen in Butter

bijane aux fraises f *Erdbeeren in süßem Rotwein*

pommes / poires f tapées avec glace à la vanille Dörräpfel / Dörrbirnen mit Vanille-Eis

pâté aux prunes m (gefüllter) Pflaumenkuchen

Royal Combier m *Likör*

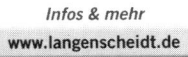